手

藏本聖子句集

花乱社

題字／篆刻　山本素竹

以文會友

文を以て友と会す
学問・文芸により友と集うこと。

目次

装丁／design POOL

手　藏本聖子句集

大観峯

一九七三—一九八八年

春の虹口に含みしドロップス

昭和四十八年

春の野の向かふが見たく歩をはやむ

発掘の土器の破片に落ちる汗

父母の名を並べて書いて星祭る

西日中今掘り上げし土器乾く

さわやかに大観峯に下り佇ちし

秋の日の輝ふ的に矢を放つ
移りゆく景色もそぞろ春の風邪

秋月の城址は芽木の中にあり

一カーブだけ未舗装の春の山

道場に西日いつぱい弓を射る

片斜面だけ霧氷林なしてをり

冬ざれや古墳壁画の朱を見たり

つば広の夏帽によく合ふルージュ

昭和四十九年

一灯は一灯をよび冬山家

夕涼み古墳の見ゆるところまで

昭和五十二年

雨降つてゐても激しくちちろ鳴く

小春日となれば車を洗ふ気に

月見草ぽんと音立て咲きさうな

昭和五十四年

春を待つこゝろが花を活けさせて

昭和五十五年

昭和五十六年

渦巻ひて野焼埃の空高く

春の闇芝生の弾み足にあり

昭和五十七年

初めての私の車注連飾る

少女期はすでに過ぎ去り花辛夷

明日晴れる事の証しの春の星

何ゆゑの心の不安春の宵

波寄せて波に消えゆく桜貝

国境は遮断機一つ夾竹桃

イタリアは夏雨降らぬこと普通
オアシスの椰子の木影の涼しさに

母の日は母に付き合ふことにして

運動会始まる前のライン白

颱風の余波とはつきりわかる風

思ふこと一つや流れ星見ても

かも知れぬいや絶対に啄木鳥よ

磐《いわ》井《い》の乱石人石馬秋の風

紅葉して空とのコントラストかな
電話にて別れを告げし秋の暮

夜寒の灯その中で舞ふ神楽かな

悴《かじか》みし手に捨て犬を抱き上げし

英《ひ》彦《こ》山《さん》の雪の深さを告げにけり

風花に立ち妖精のこゝろもち

毛糸編みながら話の相槌を
新しき友がまた増え賀状かな

昭和五十八年

ニン月の風に逆らひ歩きけり
春光を浴びて終了証を享く

春光に辞令を受けて立つてをり
冷えすぎて花見ごゝろの興のらず

化野《あだしの》は風葬の跡春寒し
画材とはどこにでもあり草の花

もう蛍出さうな闇となつて来し

夏の空灯台の白浮き立たせ

健康な子等に変身日焼けして
黄落のはげしきところ野猿ゐて

青空といふカンヴァスに冬木立

冬ざれや中世の街発掘す

懐手して発掘を見てをりぬ

著ぶくれてゐてもおしやれの心尚

悴みの児と教室の硝子拭く

雪降れば雪の民話を児に話し

蟬の声まで澄んでをり英彦も奥

昭和六十年

笑ふ顔ふと春愁の顔となる

六地蔵さくら吹雪のその中で
蝶とんで来よ病室の窓辺まで

梅雨出水橋越ゆるまで児等送る

香水をつけ教師たる事忘れ

礎石のみ歴史を語り草茂る
片蔭は我の影のみ都府楼址

一《いち》絃《げん》の琴の置かれし夏座敷

本来の子等の明るさプールの日

長欠の子が見送りに虫すだく

親も子も教師もダンス運動会

スケッチのどの子も銀杏黄葉描き
心とは裏はら今日の冬日かな

居残りの子と肩を組み冬夕焼

哀しみは突然に来し冬銀河

採点の悴みし手をこすりつゝ
メッセージつけし風船芽木の空

昭和六十一年

山桜かつて求《く》菩《ぼ》提《て》の五百坊

午後よりの授業春風入れてする

海そこにありてもプール賑はひし
仕事解き放たれ庭の夕萱に

初秋や闇となりたる浜歩く

秋暑く浜茶屋夜も賑はへる

高層のビルの谷間の残暑かな

花野より来てまた花野つづく　英彦

秋蝶の草に紛れてしまふ色

手花火の名残りの匂ひこもる路地

桂林の露あるうちを発ちにけり

水澄んで漓江下りの船着場

冬薔《そう》薇《び》買うて独りの誕生日

枯菊の燃える迅さを見てをりし

顔色のすぐ雪焼けとわかるほど
午後よりは足に疲れの出てスキー

日当りのよき教室のシクラメン

風邪子等にうつすを恐れつつ授業

春立つ日山に朝日の当りをり

昭和六十二年

春の風邪ひきて手術の延びにけり

点滴のいつ終はりたる昼霞

見舞客去りて春の香残りをり

入院の早や一ヶ月木々芽吹く
春惜むこころもありて庭へ試歩

ペンペン草でも一面の景なれば

教へ子に囲まれてゐて花吹雪

卒業生送り教室がらんどう

胸に花つけて一〇七名卒業

緊張の肩に現はれ入学児

病室に薔薇を残して退院す

万緑や病の事を忘れ歩す

母と居るだけの母の日なりしかな

木洩日を揺らすベンチの風五月

持ち寄りて教室中が紫陽花に

昭和六十三年

週末の会話の茶房シクラメン

触るるものみな握る吾子春隣

みどり児はゆりかごの中風光る

みどり児の海を恐れず日焼せり

昭和六十四年

放課後

一九八九—二〇〇七年

平成元年

寒くても児は水が好き外が好き

悴みし児の手を包む大きな手

平成三年

児のとりし歌留多はいつも同じもの

一日中でも水遊びする気らし

教室を活気づかせて日焼の子

児の会話耳傾むけて林檎むく

平成四年

子に語る教師の御用始かな

ギブスより出たる足先悴める

平成五年

春光や新教室の教壇に

教室は三階なりし風五月

意に添はぬ研修なりし新樹冷

又も子に負けしトランプ灯親し

転校の決りたる子と秋惜む

過疎の村とはどこか似て秋の蟬

平成六年

手花火の小さく闇を崩しけり

ふり返ることさへしたくなき炎暑

平成七年

平成八年

休日の病室静か黄水仙

気掛りな事をさらりとビール飲む

蛍出るまでは饒舌あと無口

水槽が全ての世界目高かな

梅雨明と思へる空の星の数

子には子の親には親の夏休

草茂る登山口とは名ばかりに

子のテント寝る気配なくキャンプの夜

虫の音の当てつこをして歩きけり

玉競声だんだんと近づき来

平成九年

もう一度母の手を引き寒牡丹

春立つやこころのもつれほどきたく

手に残る香も楽しみて桜餅

花吹雪子はすいすいと一輪車

距離感のつかめぬ砂丘炎天下

放課後の教室すぐに寒くなる

寒林の空気叩けば音出さう

風鈴や寝つ転がつて愛読書

平成十年

景すべて透明に見ゆ真夏の日

新盆や亡父と何から語らうか

枯草の触れ合うてゐる音であり

一周忌こころに区切り春惜む

平成十一年

モンゴルへ旅立ちし子の夏帽子

ある日ふと少女となりし秋桜

平成十二年

春の野を駆け上がる子の後を行く

いつからか子が無口なる春の雨

目に若葉家庭訪問あと少し
一限目から汗の顔並びをり

暑に負けし母の小さくなりにけり

今年また同じこの枝帰り花

手術すること告げられし寒灯下

亡高木晴子師よりの品

露の玉ブローチ形見にならうとは

平成十三年

測量の紙の大影夏帽子　平成十四年

測量の汗の落ちたる実測図

夕立や出土せしもの洗ひけり

虹立ちて遺跡の広さあらためて

発掘の汗を流してミーティング
八月の星降る遺跡明日も掘る

平成十五年

受験子の図書館通ひてふ日課

受話器より合格といふ声届く

合格と決まる娘と共に歩す

杖つきし母へ日傘を傾くる

ギブスせし足高くして母昼寝

暑ければ暑さ楽しむ暮しぶり

平成十六年

一と仕事与へられたるキャンプの子

天高し地図を片手に城下町

花人となり憧れのひとに逢ふ
平成十七年

受験子へせめて存分なる日射し
平成十八年

浪人と決まりたる子と青き踏む

桃の花娘との距離縮まれり

卒業の最後の校歌響きけり

卒業子研究室の机拭く

エープリルフールと思ひたき一事

一年生教へる文字は「つくし」から

新しき出会ひの四月五日かな

風光る四十人が車坐に

花冷や入寮の子の置手紙

久し振り逢ふ子の笑顔スイートピー

荒《あら》磴《とう》に若葉のいろを落しけり

風薫る赤きバイクの郵便来

「お母さん元気」と母の日の電話
せせらぎの音消すほどに蛙鳴く

天空に北斗七星蛍舞ふ

席移り又もや西日射す席に

日焼など覚悟平和を願ふ旅

秋霖やまたも告げられ再検査

玄関に花野の一部置きにけり

帰省子の寝顔にそつと触れもして

明易や漸く出来し授業案
子は寮へ戻りたる夜の虫すだく

帰省子の好物ばかり食卓に
銀漢や肩寄せてゐるだけのこと

野分跡狭庭といへど目のあたり
颱風の不安男手無き我が家

平凡な暮し大事に大根炊く

寒林にぶつかり音の尖りけり

緊張の糸の切れたるときの風邪

小春日の午後の日射やテスト中

裸木となり空高く感じけり

また母とふたりの生活松過ぎぬ

平成十九年

分校へこれより小径野水仙

山門の遙かに香《か》春《わら》岳《だけ》笑ふ

夜桜の並木抜ければ別れかな

画布持ちて外へ出る子等風五月

教へ子の凜凜しき顔に山車を曳く
小さき手の集まつてゐる神輿かな

山車よりも子等へ目のゆく吾教師

十余基の馬簾大揺れ渡御となる

渡御告げる鐘の音遠き我が家まで

渡御終はり川原に深き轍跡

山車飾る馬簾の色に由来あり

芭蕉布の歴史にも触れ秋惜む

海鳴りは英霊の声秋惜む

三《さん》線《しん》に島の民話を聞く良夜

旅惜しみ月を惜しみて首里城へ

シーサーの鎮座せし屋根秋夕焼

炭坑絵巻

二〇〇八—二〇一四年

啓蟄や子等の旅発つ日の近し

平成二十年

三月や仕残したことまだ多し

好きな曲かけて採点春の宵
歌うたふ寒さ吹つ飛ぶ声出して

くさめして後の笑ひのどつときて
華やぎは静かなるもの寒牡丹
平成二十一年

見る人を見てゐる菰の寒牡丹

白梅や久女の句碑の文字は白

水仙や久女の句碑の石は赤

雛の間かつて白蓮住みし部屋

目鼻立ち薄れ踏絵のマリア像

子ども等の手作りお面豆を撒く

新しきクラスまとまり花は葉に

母の日の母若かりし頃のこと

里人の予想通りの夕立に
枯葎崖垂直となりにけり

数へ日の最後にしたきこと決まる

降り立ちて六甲颪てふ余寒

平成二十二年

出不精を余寒が更に出不精に

もてなしのビールのラベル虚子の筆

万物を育てし露の育ちをり

本当の厄日となつてしまふ旅

大阿蘇の終点のなき花野かな

翁忌や吾の新たなる日なりけり

花野径大観峯に続きをり
豊の秋外輪山に守られて

冬薔薇明日は私の誕生日
木枯や好んで着たる赤き色

咳の子の増へし教室気にかかり

毛糸編むだんだんリズム摑みかけ

平成二十三年

トンネルを抜けつばくらの空の色

やふやくに虚子忌参列職辞して

母の日ややさしき吾子に育ちたる

涼しさのステンドグラス氷川丸

日焼することを楽しんでゐる若さ

代掻きや神棲むといふ田一枚

かき氷みんな笑顔になつてきし

教師の目ときに母の目運動会

西日濃し研修の席決められし
冬紅葉色をおさへてゐて燃えて

勘九郎襲名披露金屛風

金屛や晴れの口上奉る

卒業のメッセージに添えて

平成二十四年

ものの芽の一つ一つが君等とも

離れ住む娘の雛を飾りけり

雛まつり母とふたりの生活《たつき》かな

春愁や捨てたきものの増へてきし

韓国のポジャギゆれをり額の花
白靴やすぐにスキップしたくなる

端居してゐて愛犬の寝息かな

下戸なれど祝賀のビールなら少し

大夏木大和の風の吹くところ
無医村となりて久しや柿の花

闇に浮くピンクの薔薇と気づくまで

日焼して化粧全くのらぬ顔

足裏より伝はる石の堂涼し

炎天下一句授かるまで歩む

絵筆とる床に林檎をころがして

冬の月坑夫の像のシルエット

炭坑《やま》偲ぶ二本煙突鳥渡る

作兵衛の炭坑絵巻冬ぬくし

平成二十五年—

破魔矢受け戻る娘や社会人

初鏡眉をきりりと描きけり

春めける薄紅色の語感好き

日脚伸ぶ日帰りといふ小旅行

春障子庭の気配の伝はり来
曲水の宴の静かな刻流れ

桃の花無性に話ししたき日よ

母入所させて春愁ことさらに

桜舞ふ会話聞くともなく聞いて

退職といふ自由得て春の旅

蛍を見せたきひとのをりにけり

炎天を歩き大仏殿に入る

気休めとわかつてゐても日焼止

花火果て空星たちに戻しけり

アクセサリーつけぬことこそ涼しけれ

団栗の案外遠くまで転げ

阿蘇五岳姿あらはに秋の風

蜻蛉の彼方根子岳より高く

秋灯火夢の一部の叶ひたる

教へ子の母となりゐて天高し

砂利踏んで楽しんでゐて冬に入る

あの辺り鶴の塒と口々に

竹割つたやうな性格寒の星

織田広喜美術館庭虎落笛

冬紅葉へアピンカーブ続きをり

寒林の音さへ消へてしまひけり

あとがき

俳句を詠んでいた両親の影響で、私も俳句に親しみ詠むようになりました。何をしても三日坊主の私が今日まで続けて来られたのは、亡き父と、母がいつもそばで見守ってくれたおかげです。

長年、教職に就いていた私は、退職したら一つの区切りとして、これまでの俳句を纏め句集を出したいと考えていました。けれど、思うだけで実現しないまま、今に至っておりましたところ、この度、「六分儀俊英シリーズ　第7集」として上梓する運びとなりました。

二十代半ばから作句を始めたように記憶していたのですが、改めて今までの句を整理してみると、昭和四十八年からであったようで、思いのほか数年早く始めていたことに驚きました。

私の周りは、真摯に俳句に取り組んでおられる方々ばかりなのに、いつも自分のペースでやって来たような気がします。こんな未熟な私をずっと導いてくださった、今は亡き高木晴子先生、高田風人子先生、稲畑汀子・廣太郎両先生……。ここに挙げきれぬほどの多くの方々に、心より感謝しております。

俳句に親しみ、日本各地に居住される多くの句友に恵まれたことは、私にとって大切な財産だと思っています。これから先も、俳句を通して多くの人と、よりよいお付き合いができればと願っています。

今年九十三歳となった母が元気なうちに句集の上梓が叶い、何より嬉しく、母が一番喜んでくれることでしょう。

刊行にあたり、山本素竹様には、すばらしい題字「手」、篆刻を賜り、つくづくもったいない思いでいっぱいです。また、俳誌『六分儀』編集室の多田薫さん・孝枝さん、柳内あず実さんの尽力を得ました。併せて、花乱社の別府大悟様、宇野道子様、design POOL（デザイン・プール）の北里俊明様、田中智子様のお力添えがあっての、この一書です。心より深く御礼を申し上げます。

これを機に、これからも自然に目を向け、「以文会友」を大切に、伝統俳句の道を歩き続けていきたいと思っております。

平成二十七年一月吉日

藏本聖子

季題別索引

＊傍題を詠んだものは、本季題にまとめて収録した。

▽あ行

秋　119
秋惜む　70・117・118
秋風　21・160
秋高し　94・161
秋の雨　104
秋の暮　22
秋の蟬　70
秋の蝶　47
秋の日　7
秋の灯　69・161
紫陽花　59
汗　5・85・88・90
暑さ　93
天の川　107
銀杏黄葉　40
梅　125
盂蘭盆　81
運動会　19・39・140
絵踏　127
炎暑　71
炎天　79・149・157

▽か行

帰り花　86
柿の花　147
額の花　145
風花　24
悴む　23・33・42・64・67
賀状　25
霞　53
風邪　51・110
風光る　61・99
風薫る　101
数へ日　130
片陰　37
歌留多　65
枯木　111
枯菊　49

枯草 82
枯木立 80・109・164
枯葎 129
蛙 102
寒灯 87
寒牡丹 77・124・125
帰省 105・107
啄木鳥 21
著ぶくれ 32
キャンプ 75・94
夾竹桃 17
曲水 154
虚子忌 137
草茂る 37・75
草の花 28
嚔 124
啓蟄 122
毛糸編む 25・136
香水 36
合格 91・92
黄落 30
氷水 140
蟋蟀 12
五月 59・68・113
凩 135
コスモス 83
木の芽 8・42・54
小春 12・110
辛夷 15
御用始 67

▽さ行

桜 43・113
桜貝 17
桜餅 78
寒さ 64・79・123
爽やか 6
三月 122
残暑 45・46
四月 99
四月馬鹿 98
シクラメン 51・60
注連飾る 15
春光 26・27・68
春愁 34・144・155
代掻く 139
白靴 145
新樹 69
スイートピー 100
水仙 72・112・126
スキー 50
涼し 18・138・149・159
納涼 11

咳　136
蟬　34
卒業　56・97

▽た行

大根焚　109
大試験　91・95
颱風　20・108
玉せせり　76
蝶　35
月　119
月見草　13
土筆　98
燕　137
露　48・87・132
梅雨晴　74
鶴　162

出水　36
踏青　96
団栗　159
蜻蛉　160

▽な行

薺の花　55
夏　81
夏木　147
夏座敷　38
夏の雨　18
夏の空　29
夏帽子　10・83・88
夏休　74
夏痩　86
二月　26
虹　89

西日　6・9・103・141
二百十日　132
入学　57
野焼く　14
野分　108

▽は行

葉桜　128
端居　146
芭蕉忌　133
初秋　45
八月　90
初鏡　152
花　27・35・55・78・100・156
花野　46・105・133・134
花火　158
花火線香　47・71

花見 95
母の日 19・58・102・128・138
破魔弓 152
薔薇 57・148
春 53・156
春惜む 54・82
春風 43
春寒 28
春雨 84
春障子 154
春隣 60
春の風邪 7・52
春の虹 4
春の野 4・84
春の星 16
春の山 8
春の宵 16・123
春の闇 14
春待つ 13
春めく 153
万緑 58
日脚伸ぶ 153
ビール 72・131・146
日傘 92
雛 126・143・144
昼寝 93
日焼 30・61・66・104・139・148・158
屏風 142
風鈴 80
プール 38・44
懐手 32
冬 41
冬暖 151
冬木立 31
冬ざれ 10・31
冬薔薇 49・135
冬の月 150
冬の日 40
冬の星 41・163
冬の山 11
冬紅葉 141・164
豊年 134
星祭 5
蛍 29・73・103・157

▽ま行

松過 111
祭 114―117
豆撒 127
短夜 106
水遊 65
水澄む 48

虫　39・76・106
霧氷　9
目高　73
虎落笛　163
ものの芽　143
紅葉　22
桃の花　96・155

▽や行

山笑ふ　112
夕菅　44
夕立　89・129
雪　24・33
雪焼　50
余寒　130・131
夜寒　23

▽ら行

流星　20
立春　52・77
立冬　162
良夜　118
林檎　66・150

▽わ行

若葉　85・101
渡り鳥　151

藏本聖子（くらもと・せいこ）

昭和二十四年十二月四日、福岡県田川市に生まれる
昭和五十一年より小学校教諭
平成二十三年、退職
昭和四十八年より俳句を始める
所属：『ホトトギス』・『惜春』・『阿蘇』・俳誌『六分儀』
野分会会員／ホトトギス同人／公益社団法人日本伝統
　俳句協会会員
田川市在住

手《て》　藏本聖《くらもとせい》子《こ》句集《くしゅう》

❖

2015年2月17日　第1刷発行

❖

著　者　藏本聖子

発行者　別府大悟

発行所　合同会社花乱社
〒810-0073 福岡市中央区舞鶴1-6-13-405
電話 092(781)7550　FAX 092(781)7555

印刷　有限会社九州コンピュータ印刷

製本　株式会社渋谷文泉閣

[定価はカバーに表示]

ISBN978-4-905327-42-4

ROKUBUNGI

六分儀俊英シリーズ　第７集